AF434026

Isabel Oliveira

La forma del hambre

Isabel Oliveira
    La forma del hambre; ilustrado por Yuki Nanna. - 1a ed.
- Ciudad Autónoma de Buenos Aires: Nadia Soledad Borda
Olivera, 2020.
    108 p.; 21 x 14 cm.

    ISBN 978-987-86-5499-7

    1. Narrativa Argentina. 2. Literatura Juvenil. 3. Cuentos
de Ciencia Ficción. I. Yuki Nanna, ilus. II. Título.
    CDD A863.9283

A Norma, quien me ha mantenido
activa por su apetito voraz.

Agradecimientos

Quiero agradecer a Carlos Borda, quien ha colaborado conmigo en la realización de este libro, sin sus aportes pertinentes no hubiera sido posible llevarlo adelante.

También quiero agradecer a Yuki Nanna, por haber diseñado la portada y la estética de este libro de relatos.

*"Nos ponemos bajo tu amparo para que ejer-
zas sobre nuestro físico, nuestra psiquis y
nuestra espiritualidad tu poder libertador"*
Fragmento de oración popular

Índice

Prólogo 13

La forma del hambre 17

¡No te metas con mi arroz! 37

El caso del pan y todo el queso del mundo ...53

Epílogo 83

Apartado Especial

Los Neptunianos

Orígenes 89

Loli Mendoza 93

Los Gobernantes

Orígenes 103

Reina Vera 107

Prólogo

El hambre a veces puede presentarse de la forma menos pensada, en el lugar más solitario, atacar a una persona individualmente y luego extenderse al resto de la humanidad.

Sus formas son infinitas y muchas veces nos llevan a cometer actos sin control.

La voz del hambre tiene diversas apariencias y podemos estar seguros de que va a hacerse oír. Sobre todo, si es transmitida por un Neptuniano que no puede liberarse de influencias nocivas. Incluso esa voz va a buscar la forma de extender su mensaje e influir en las personas, motivándolas a seguirla.

Depende de nosotros evitar esas influencias. Solo así podemos reparar la destrucción que deja a su paso.

Los Relatos

La forma del hambre

La computadora de Kara estaba encendida y en la pantalla se reproducía un video de Loli Mendoza, quien era una de las YouTubers de "Beauty" del momento. El contenido de su canal versaba sobre maquillajes, peinados, dietas, etc., y en ese momento se estaba emitiendo un video en el cual se recomendaba una dieta hiper efectiva para bajar 10 kilos en 30 días.

Eran las 2 de la madrugada y Kara se había comido todo lo que había en la heladera, y el sentido de culpa por el atracón que se había dado, no la dejaba dormir. Desde la sala de estar podía escuchar la voz de Loli

Mendoza con sus recomendaciones, mientras ella se ponía de pie frente al espejo llorando desconsoladamente por la vergüenza que sentía.

Ya no soportaba ver su abdomen hinchado. Realmente había comido mucho y su estómago estaba a punto de estallar. Pensó entonces en provocarse el vómito para aliviarse un poco y así conciliar el sueño de una vez por todas. Estaba cansada de que le pasara siempre lo mismo, de comenzar dieta tras dieta y de que ninguna funcionara. De pie frente al espejo, observaba sus mejillas inflamadas y se figuraba que su rostro era una enorme galleta que, para colmo, no podía degustar.

Angustiada, fue hasta su computadora y la apagó, fastidiada de escuchar a Loli Mendoza hablando de los beneficios de la dieta que había intentado llevar por más de tres meses, sin obtener resultado alguno.

No le quedaba otro recurso que adoptar una firme resolución para salir de este pantano en el que estaba metida. Entonces Kara decidió tomar el remedio más drástico que pudiera tomar en toda su vida…

Pensó que dejar de comer sería la solución perfecta que necesitaba, y hacerlo para siempre sería mucho mejor todavía. Entonces, tomó esa decisión totalmente convencida. Corrió hacia el baño y tomó una toalla, secó sus lágrimas y, luego de respirar hondo, se dirigió a la cocina a buscar lo que quedaba de comida para hacerla desaparecer.

Su intención era tirar todo a la basura, tirarla por la ventana o incendiarla, hacer lo que fuera necesario para que los restos de comida desaparecieran y no le provocaran nunca más la tentación de comer. Pero, al punto de meter todo en una bolsa, su estómago comenzó a rugir furiosamente.

En verdad que ella no entendía cómo era eso posible. No podía ser que todavía sintiera hambre. Su abdomen estaba abultado y completamente lleno, y hasta se le dificultaba respirar por esta razón.

Vencida por la desazón, se dejó caer al piso de la cocina y otra vez explotó en llanto; realmente estaba agotada de vivir esta situación. Para ella esto ya se había convertido en una nefasta rutina diaria.

Últimamente solo salía de su casa para ir a trabajar; pero al regresar, la voracidad de su apetito la volvía a atrapar entre las paredes de su departamento. A veces encendía la televisión para no sentirse sola, otras veces miraba el canal de Loli Mendoza buscando algún consejo nuevo, mientras saciaba su apetito comiendo y comiendo hasta que su estómago se sintiera satisfecho.

Ahora que se había desecho de casi toda la comida, solo le quedaban algunas galletas saladas, y prácticamente resignada y sin poder controlarse se comió una a una todas las galletas, y siguiendo un impulso desesperado al terminar de comer, se golpeó el abdomen con fuerza y a modo de amenaza le gritó a su estómago que no le permitiría seguir controlándola.

Firmemente juró repudiar a su hambre y desde ese momento la echó, la dejó fuera de su vida para siempre.

Estaba dolorida y se sentía exhausta, por lo que se recostó en su cama tratando de dormir, aunque sea un par de horas. Por suerte era sábado y no tenía que ir a la oficina a la mañana siguiente.

Una vez en la cama y medianamente satisfecha, tapó su cabeza con la almohada, mientras se juraba no tolerar más a su hambre, ella era su peor enemiga en ese momento. Su deseo era no dormirse con hambre nunca más. Con este pensamiento, por fin se quedó dormida.

A la mañana siguiente le costó mares levantarse de la cama; prácticamente no había dormido. Intentó ponerse de pie, pero le dolía mucho el cuerpo. Así que lentamente bajó los pies y trató de pisar firmemente el suelo mientras se sentaba al borde de la cama. En un último esfuerzo, se incorporó lentamente y con un fuerte impulso, logró ponerse de pie e ir al baño para darse una ducha.

Todavía se sentía bastante adormecida, por eso comenzó a desvestirse como autómata. Abrió el grifo de la lluvia y el golpe de agua caliente en su cuerpo, la hizo reaccionar y despertarse de una sola vez.

En ese momento Kara se dio cuenta, de que su estómago no se quejaba como lo hacía habitualmente cada mañana, lo que significaba que no rugía pidiendo más y más comida. Por el contrario, tenía tanta paz en el vientre que comenzó a sentirse inquieta.

Sospechó que algo le estaba ocurriendo, por esa razón decidió revisarse para ver qué le ocurría. Temerosa, llevó sus manos hacia su abdomen; pero éste le pareció totalmente desconocido. Lo sentía plano, tan plano que aparentaba tener el estómago pegado a las costillas.

— ¿Qué me está ocurriendo? – Se preguntó Kara, mientras salía rápidamente de la ducha.

Tomó una toalla para secarse y dio un par de pasos para ponerse frente al espejo. Cuando vio su imagen reflejada, se quedó perpleja y espantada, al punto de que su corazón casi se detiene al comprobar la delgadez de sus brazos y de sus piernas. Parecía que, de la noche a la mañana, se había convertido en otra persona. El pánico la perturbó por completo. En cuestión de segundos, llegó a pensar que algún tipo de enfermedad la había invadido por la noche.

— ¿Qué me pasa? – se preguntó nuevamente.

Sin resignarse a aceptar el cuadro que veía, pensó que todo era una ilusión debido a que continuaba adormecida. Entonces se lavó la cara con agua fría a fin de despejarse y se frotó los ojos para terminar con la alucinación que aparentemente estaba atravesando; pero comprobó que su situación era real.

Salió del baño y trató de vestirse, pero ninguna prenda le quedaba bien. Los pantalones le resultaban grandes, fuera de talla y se le caían. El único sweater que logró vestir era uno que la hacía parecer un saco de papas.

Desesperada, quería salir corriendo y buscar un médico que pudiera ayudarla. Sabía que algo la estaba afectando. Estaba realmente asustada; pero todavía se asustó mucho más cuando comenzó a escuchar fuertes ruidos que provenían desde la cocina. Las puertas de la alacena se abrían y cerraban sin cesar. Además, se escuchaba que alguien golpeaba enérgicamente la puerta de la heladera. Kara escuchaba pasos que iban y venían. Sobresaltada y al borde de su resistencia, no soportaba el miedo que esta situación le provocaba. Parecía que el corazón quería escapársele del pecho.

No sabía qué hacer; hasta que por fin tomó coraje por unos segundos y se dirigió hacia la cocina.

El grito de horror que dio Kara se pudo escuchar en todo el edificio. Ella estaba ahí, de pie, frente a lo que parecía ser una especie de masa, una forma, de enormes dimensiones y aproximadamente 150 kilos. Lo único que resaltaba en aquel extraño cuerpo, era una boca de labios carnosos y unos dientes afilados como agujas.

— Tengo hambre - Le dijo con tono de frustración, mientras la observaba fijamente; pero Kara estaba ahí sin entender realmente lo que estaba viendo.

Tardo casi diez segundos en responderle; porque no podía decidir si debía hacerlo o era mejor salir huyendo.

— ¿Quién eres? - Atino a decir tímidamente.

— ¿Como quién soy? ¿Acaso no te das cuenta de quién soy? ¡Soy Kara!

— ¿Como es posible? No entiendo…

— Bueno…

— Explícate por favor…

Kara sabía que esa forma extraña, que hablaba con ella, de algún modo le mentía. No era posible que ese monstruo que tenía enfrente, fuera ella misma.

Ella era la auténtica Kara y no podía existir otra y mucho menos una tan monstruosa. No; de ninguna forma eso era posible…

— ¡¡¡Tengo hambre!!! Grito la forma desesperadamente, mientras se escuchaba el profundo rugir que provenía de sus entrañas.

— ¿Quién eres? Insistió Kara tratando de comprender la situación; pero esta vez lo hizo temblando de miedo.

En respuesta, la forma la empujó arrojándola al suelo.

Segundos después, con sus gruesas manos giró el picaporte de la puerta y la abrió prácticamente derrumbándola para salir del departamento.

La forma golpeó descontroladamente la puerta de cada vecino del piso; pero nadie le abría. Entonces bajó las escaleras como pudo. Sus pisadas eran pesadas, se podía sentir una vibración del piso que repercutía en la estructura del edificio y en sus paredes.

En su recorrido, llegó al noveno piso en el momento exacto en que una mujer abría la puerta. Llevaba consigo a su pequeño perro para dar un paseo con él; pero la forma se abalanzó sobre su cachorro, como si fuera una bestia en plena cacería y de un solo mordisco lo devoró. La pobre mujer comenzó a gritar histéricamente...

Kara, bajó lo más rápido que pudo por las escaleras, tratando de seguir a la forma que había salido de su casa, y cuando llego al noveno piso, su vecina seguía gritando horrorizada. Sus gritos ponían cada vez más nerviosa a la forma.

Nuevamente se volvió a escuchar un rugido que estremecía el vientre de la forma, como si todavía le faltara comer algo más. Entonces tomó a la mujer por el cuello y de un solo mordisco le quito la vida. Masticó y masticó hasta que se la comió por completo.

Kara estaba ahí de pie aterrada observándolo todo y sin poder pronunciar una palabra.

— ¡Tengo hambre! - Continuaba reclamándole la forma a Kara.

— ¡¿Quién eres?! - Volvió a preguntarle ella.

— ¡Ya te dije que tengo hambre! - Solo se escuchaba el rugir furioso de su estómago.

— ¿Qué hacías en mi casa? Insistió Kara, tratando de obtener alguna respuesta.

— ¡Esa es mi casa! ¡Yo vivo ahí!

— ¿Como? No te entiendo.

— Ayer me echaste de ahí; pero no pienso irme de la casa si a eso te refieres.

— ¿Quién eres entonces? ¿Qué clase de cosa eres? Es que no logro entenderte...

— Ya te dije que soy Kara. Yo soy parte tuya. He vivido siempre contigo y para ti. Y ahora, me quieres echar como si yo no fuera nada ni nadie.

— ¿A qué te refieres? ¿Como es que eres parte de mí?

— Si, soy parte de ti... Soy tu hambre, tu amiga, quien te alimentaba y te hacía sentir bien.

— ¿Mi hambre? No es posible si eres un ser monstruoso...Solo una forma.

La forma se enojó por demás al escuchar los comentarios de Kara y con todo desprecio volvió a empujarla para apartarla de su camino. Ella cayó al suelo esta vez inconsciente.

Después, la forma siguió bajando las escaleras y devorando todo lo que encontraba a su paso. Al llegar al tercer piso, su apetito se acrecentaba más y más a cada paso que daba. Gritaba a toda voz haciendo estremecer a todos los que lo escuchaban.

— ¡Tengo hambre!... ¡Tengo hambre!... — Vociferaba enojada.

Hasta que llegó a la puerta del departamento 3° A y la derrumbó de un solo golpe. Se dirigió directamente hacia la habitación, desde donde podía percibir un dulce aroma a carne tierna. Y su instinto no se equivocaba, allí dormía plácidamente un pequeño bebé, mientras su madre se estaba bañando. Fue entonces que simplemente lo tomó entre sus manos y se lo llevó a la boca; y esta vez no necesitó siquiera masticar, simplemente se lo tragó.

Luego se recostó en la cama de la habitación, deleitándose por el manjar que había comido; pero al momento también se dio cuenta de que lo que había comido no le alcanzaba, que no había sido suficiente. Todavía tenía un espacio para llenar en su vientre. Comenzó a fantasear con deliciosos postres de chocolate, dulce de leche, galletas, budines y flanes. Un hilo de baba se caía de entre sus afilados dientes. Quería seguir descansando un momento más; pero no cesaba de pensar en todo lo que deseaba comer; por esa razón se puso de pie nuevamente, para dirigirse a la heladera.

Lo que más le hubiera gustado encontrar era un sinfín de postres; pero solo tuvo que conformarse con un trozo de carne asada y una lasaña congelada que había encontrado.

Después siguió su derrotero abriéndose paso a los manotazos contra todo lo que encontraba en su camino. Y así fue como llegó hasta la planta baja y la encontró completamente vacía. Tal parecía que todos habían huido atemorizados.

En ese momento Kara recobró la conciencia. Trató de levantarse rápido; pero tenía un fuerte dolor de cabeza como consecuencia del golpe que le propinó la forma. Además, no estaba segura de lo que había vivido momentos atrás. Llegó a creer que solo estaba alucinando, no creía que todo lo ocurrido hubiera sido cierto. Entonces buscó verse a sí misma en el reflejo de la ventana, y comprobó que seguía tan delgada como se había despertado en la mañana. Por eso, pese al mareo que tenía, se puso de pie como pudo y bajó piso por piso tratando de encontrar a la forma que la había atacado.

Kara ahora tomó conciencia de que, el apetito voraz que alguna vez había tenido andaba suelto en el edificio, devorando todo lo que encontraba a su paso. A medida que bajaba, en cada piso solo encontraba destrozos y puertas cerradas. Incluso podía escuchar el llanto de sus vecinos tras las puertas cerradas.

Al llegar a la planta baja, a primera vista no encontró a nadie; pero una vez que atravesó el vestíbulo central, encontró a la forma tirada en el piso sollozando.

— Tengo mucha hambre... Ayúdame por favor...

— ¿Como quieres que te ayude?

— Solo quiero callar este rugir feroz que sale de mis entrañas...

— Si. Lo sé... y te entiendo... Recuerdo muy bien cómo se siente. Hasta ayer tuve la misma preocupación dentro mío.

Por solo un instante Kara sintió compasión y extendió su mano tratando de acariciar a la indefinida forma del rostro de aquel monstruo.

Ese solo movimiento, incentivo el olfato de la forma y en cuestión de segundos trató de devorar la mano que se extendía frente a ella. Los reflejos de Kara le permitieron retirar su mano justo a tiempo para evitar el mordisco.

En ese instante, la policía había llegado al edificio y estaba golpeando el vidrio del portón de entrada. Los vecinos habían llamado pidiendo auxilio cuando empezaron los primeros gritos.

Kara estaba demasiado asustada y tenía miedo de que la forma de su propia hambre la devorara sin más ni más. Solo atinaba a gritar para que el oficial de policía que estaba en la puerta golpeando, pudiera escucharla y pedirle que derribara el portón.

— ¿Qué es eso? ¡¡¡¡Por Dios!!!! — Se escuchaba que decía el policía que tenía su arma apuntando hacia el vidrio.

A todo esto, habían llegado un par de vecinos que estaban en la calle. Trataban de abrirle la puerta al oficial temblando de miedo y nervios. No podían siquiera sujetar las llaves para introducirlas en la ranura. Apenas pudieron abrir, un policía ingresó dando la voz de alto, mientras la forma se abalanzaba sobre él, para devorarlo como había hecho con todo lo que había encontrado.

Entonces una lluvia de disparos atravesó la forma, pero sin causarle ningún tipo de daño. Kara vio cómo los afilados dientes de la forma, arrancaron el brazo del policía que había disparado y en ese instante comprendió que era cuestión de segundos para que la forma intentara devorarla a ella también.

Nuevamente se escuchó un fuerte rugido que provenía del vientre de la forma y sin dudarlo Kara se paró frente a ella y le suplicó que se detuviera, diciéndole que ya había causado suficiente daño.

— Sabes que no puedo detenerme... No sé cómo hacerlo - Respondió a la súplica de Kara.

— Quédate conmigo, yo me ocuparé de alimentarte y cuidarte... ¿Acaso no lo he hecho todo este tiempo? — Le preguntó a la forma buscando generar algo de empatía en ella.

— Si, es verdad... Lo has hecho. Pero anoche me echaste de tu vida y ya no sé si puedo confiar en ti.

— Claro que puedes confiar en mi... Yo te puedo alimentar, como lo hacía antes.

— ¿Y cómo vas a hacerlo? ¿Qué piensas hacer? ¿Vas a darme galletas saladas?

— Puedo cocinarte... Carne, mariscos... Lo que me pidas...

— Ya no es suficiente para mí. Tienes que entender eso Kara... Antes estaba atrapada en tu cuerpo diminuto... Y yo era demasiado gorda para ese cuerpo; pero ahora soy libre y puedo comer todo lo que me plazca.

La forma poco a poco iba acorralando a Kara contra la pared, ella solo respiró hondo y cerró los ojos por última vez. La forma la devoró en un instante tal cual lo había hecho con todo lo que había encontrado en su camino.

La gente observaba desde afuera del edificio lo que había ocurrido, mientras se escuchaba la sirena de otro móvil policial que estaba llegando al edificio.

La forma había comenzado a desvanecerse, desapareciendo como si nunca hubiera existido. Ella nunca había considerado que, sin Kara, ella no podía continuar con vida. Al fin y al cabo, era solo la forma del hambre de Kara, y sin Kara ella no era nada.

Ambas habían desaparecido y solo habían quedado despojos, destrucción y pánico a su alrededor.

¡No te metas con mi arroz!

Ana estaba recostada en el sillón, mientras miraba el canal de Loli Mendoza en YouTube y anotaba en su libreta los diez tips más importantes para poder bajar de peso en 30 días.

Estaba ansiosa por bajar de peso lo antes posible, especialmente antes de la fiesta de compromiso de su hermana.

Ella acababa de cocinar un par de piezas de pollo al horno con papas, para que Julio cenara una vez que llegara del trabajo. Y para ella se había preparado una porción de arroz hervido que dejó separada en un tazón de gres, que le había regalado su hermana.

Llevaba ya 45 días de dieta; porque quería bajar unos 10 kilos. Era justo la cantidad que había subido desde que se casó con Julio hace poco más de cinco años. Justamente 2 kilos por año eran los que había aumentado y ahora quería perderlos en menos de tres meses. Ana sabía que era posible lograrlo y necesitaba hacerlo porque quería ir deslumbrante al compromiso de su hermana.

Loli Mendoza, siempre recomendaba en sus videos restringir totalmente la ingesta de carbohidratos o en su defecto, reducirla a una porción semanal en caso de no lograr controlar la ansiedad. Por esa razón, Ana solo comía una porción de arroz por semana. Así que había estado ansiosa toda la semana, esperando disfrutar, aunque sea por un momento, su porción de arroz.

Julio siempre llegaba a casa alrededor de las 19 horas y llegaba prácticamente muerto de hambre. Siempre tenía que cenar temprano, porque no aguantaba las ganas de comer. Y como Ana trabajaba desde casa, siempre tenía que esperarlo con la cena hecha.

Ella era fotógrafa, trabajaba para varias marcas de indumentaria femenina y tenía armado su estudio en una de las habitaciones que daba al jardín de la casa. El hecho de pasar tanto tiempo rodeada de modelos de complexión casi perfecta la había estado atormentando desde hacía bastante tiempo. Tal vez era una de las razones por las que había decidido hacer una dieta, y la excusa del compromiso de su hermana le había venido como anillo al dedo.

Para que Julio no la atosigara, diciéndole que así estaba bien y que no necesitaba hacer dieta, no le había dicho nada al respecto.

Julio conocía la rivalidad que existía entre las hermanas; cómo competían para ganarse la una a la otra y si se enteraba que Ana había comenzado una dieta, hubiera sido el paso a constantes sermones por parte de él.

Ana, a veces sentía que Julio se entrometía en todo; por eso últimamente evitaba comentarle hasta los temas más sencillos. Ya no soportaba escuchar sus opiniones, porque consideraba que no servían para nada.

Tal vez se sentía así por el stress que le causaba la dieta, el compromiso de su hermana y el hecho de tener la necesidad de ganarle en algo a esa mujer que la venia atormentando desde que eran niñas.

La verdad es que últimamente Ana no tenía el mejor humor y eso la estaba afectando en su trabajo. Incluso la última sesión de fotos que realizó para la nueva colección de una de las marcas que atendía, terminó realmente mal. Ana rompió la ropa de una de las modelos al no resistir la furia que le ocasionaba que la joven no dejara de mirar fijo la cámara y sonreír.

La ropa se rompió por encima del brazo de la joven, justo por donde Ana la había tomado para sacudirla y manifestarle su descontento. Todo porque supuestamente la modelo no debía sonreír y sí, seguir las indicaciones que le daba Ana.

Era tal el desconcierto de la joven, que rompió en llanto ante la situación. Y para colmo, Ana, en lugar de abstenerse en su actitud, se enajenó más, tanto que no pudo contenerse y le dio una cachetada provocando así, que la modelo escapara corriendo de la sesión de fotos y no regresara más.

Después del incidente, Ana se quejó con sus clientes, pero ellos, a pesar de trabajar tantos años juntos, decidieron hacer caso omiso de la situación y continuar trabajando como si nada hubiera ocurrido. La modelo claramente renunció y tuvieron que iniciar todo el trabajo con otra chica.

Ana parecía estar fuera de su eje; trataba de realizar solo una comida a diario y el resto del día tomaba infusiones y, si el hambre la forzaba, comía una manzana, pero no mucho más que eso. Ella pensaba para sí, que, si Loli Mendoza podía vivir haciendo esta dieta restrictiva, ella bien podía soportarla por un tiempo, después de todo se había propuesto llevar adelante este plan por no más de tres meses, hasta perder los 10 kilos que tanto la atormentaban.

Al principio de la dieta se pesaba todos los días, pero al no notar grandes avances en los resultados, decidió no volver a pesarse hasta llegado un día antes de la fiesta de compromiso; porque cada vez que se pesaba solo se frustraba y caía automáticamente en un ataque de ansiedad desmedido. En esos días había roto la dieta por lo menos dos veces y no quería caer nuevamente en ningún arrebato.

Lo que más la estresaba, era el hecho de tener que cocinar todos los días para Julio. Poco a poco y sin darse cuenta, dentro de ella estaba creciendo un cierto resentimiento, que no podía comprender. No lograba entender qué era lo que le ocurría.

Llevaba un tiempo quejándose de esta situación y para colmo, Julio llegaba a la casa casi siempre muerto de hambre, desesperado por comer cualquier cosa que ella hubiera cocinado o que encontrara en la heladera.

Pero en el trasfondo de todo había otra circunstancia que molestaba a Ana hasta irritarla, y es que Julio había perdido poco más de 13 kilos desde que se habían casado. Parecía que los kilos que él había perdido, ella los había ganado.

Ese día, el único alimento que había ingerido era una manzana y un té de hierbas que se había preparado como desayuno. El día para ella había sido relativamente tranquilo y por eso se había recostado un momento a repasar los concejos de Loli Mendoza, su YouTuber preferida. De esa forma, entretenida y sin pensar mucho en lo que quería comer esperaría a Julio.

Al igual que todos los días, Julio llegó puntual a las 19 horas. Entonces, ella aprovechó para pedirle que pusiera la mesa, mientras tomaba una ligera ducha. Y Julio así lo hizo, mostrando tener un gesto de amabilidad, ya que Ana cocinaba y preparaba todo siempre sola.

En esta ocasión, ella demoró un poco más de la cuenta. Su intención de ducharse antes de cenar era la de relajar su mente, para disfrutar de una cena tranquila.

Últimamente se sentía muy irritable y todo el asunto de la dieta, la atormentaba día a día. Mientras se vestía, se puso un poco de música; escuchar algo de Per Gessle siempre le devolvía un poco de alegría... *Do you, do you, do you, do you... ¿Do you wanna be my baby?* Cantaba mientras bailaba animadamente. Por un momento se olvidó de Julio y la cena.

Cuando se estaba terminando de poner el pijama amarillo que Julio le había regalado para su ultimo cumpleaños, sonó el teléfono. Era Jazmín, su hermana, que la llamaba para saber cómo estaba. Aunque eso era una excusa; en realidad la llamaba para presumirle los obsequios que había comenzado a recibir.

— ¿A que no adivinas lo que nos regalaron mis suegros? — Le dijo Jazmín con un dejo de ironía.

— La verdad es que no tengo ni idea hermana…

— ¡¡¡Un departamento!!! ¡¡¡Un departamento!!! ¿Lo podés creer Ana?

El silencio aturdió a Ana por un momento, aunque a Jazmín parecía no importarle, porque continuaba hablando como si no le importara que su hermana estuviera o no escuchándola.

— Y lo mejor de todo es que está ubicado justo en la zona que yo tanto ansiaba… Donde siempre te conté… ¿Te acordás? Ahí, sobre Avenida Libertador…

Ana continuaba sin decirle nada a su hermana. Sentía que debía recuperar el aliento antes de volver a decir alguna palabra.

— Estamos planeando mudarnos la semana que viene… ¿Vas a venir a ayudarme verdad hermana? No me vayas a dejar sola con todo esto…

Si bien Ana dentro de ella se alegraba, sabía que su hermana lo único que quería era mostrarle su buena fortuna y despertar cierta envidia o recelo en ella. Quería enrostrarle que nuevamente le había ganado.

Las dos mantenían una especie de guerra declarada desde que eran muy niñas. Siempre habían competido entre sí y, lejos de mejorar a medida que crecían, el tiempo solo les imponía desafíos más grandes.

Pero no todo era culpa de ellas siempre. Sus padres habían fomentado esta competencia desde su infancia. Siempre las hacían competir por todo…por quien recibía el mejor obsequio… por quien tenía los mejores amigos… por quien lograba las mejores calificaciones en el colegio y evidentemente también, por quién obtenía la mayor atención por parte de ellos. Y esta vez Jazmín le había ganado nuevamente.

Ana en ese momento, pensaba que ella lo único que había conseguido desde que conocía a Julio, era una pava eléctrica que le regalaron sus suegros y mudarse a la casa que estaban alquilando. Pero aún le faltaba lo peor, ella sabía que todavía le iba tocar recibir la llamada de su madre, para refregarle que su vida era un fracaso y que su hermana había conseguido una buena familia, y que sin vuelta de hojas su hermana era mucho mejor que ella.

Y así fue, ni bien se despidió de Jazmín, vio el número de teléfono de su madre en la pantalla de su celular.

La situación que acababa de vivir Ana era un verdadero melodrama de telenovela y no deseaba tolerar una llamada de su madre. Sentía que de un golpe había vuelto a su infancia…Así que simplemente rechazó la llamada y apagó su celular.

La panza comenzó a hacerle ruido de hambre. Entonces miró el reloj y se dio cuenta de la hora y de que se había olvidado de julio y de la cena. Había demorado más de una hora entre la ducha y la llamada. Se peinó con rapidez, porque seguramente Julio la estaría esperando con la mesa servida, y por más que intentaba sacarse la frustración no podía lograrlo.

Se apresuró a llegar a la cocina y de esa forma compartir un poco de tiempo con Julio; pero cuando miró la mesa, solo pudo ver platos sucios y restos de comida que él había dejado. Seguramente había estado probando todo mientras esperaba. Él estaba sentado en el sillón muy entretenido revisando sus redes sociales en su celular.

Ana ya había soportado la indignación por la charla telefónica con su hermana y ahora Julio terminaba de arruinarle la noche...

Se acercó a la mesa tratando de respirar hondo y cuando revisó las bandejas de la comida, se dio cuenta de que Julio no había probado la comida, sino que había comido solo...

La temperatura corporal de Ana subió bruscamente, sentía fuego en la piel y prácticamente no podía respirar. Lo único en lo que pensaba, era que Julio no había sido capaz de esperarla a cenar, pese a que había un acuerdo entre ellos…

Ana trató de respirar hondo, pero solo logró inhalar unas pocas bocanadas de aire. Estaba decidida a no amargarse por la actitud de Julio. Iba a tratar de tranquilizarse y comer sola, tal cual lo había hecho el.

Entonces buscó el arroz que había dejado en el tazón de gres, para condimentarlo y servírselo en su plato; pero no lo encontró. Revisó los recipientes vacíos que estaban en la pileta de lavar los platos y vio ahí su tazón vacío y sin siquiera algún grano de arroz.

Julio no tan solo había comido solo, sino que se había comido todo, incluyendo el arroz que ella había esperado toda la semana para poder comer.

En ese momento, un zumbido comenzó a sonar en los oídos de Ana. Sentía como si algo se desconectara dentro de su mente.

Julio seguía ahí, sentado en el sillón y feliz de la vida, con la panza llena. Y ella estaba muerta de hambre, sin otra cosa que pudiera comer.

Entonces furiosa y sin control, lanzó un grito al aire y lejos de calmarse, lanzó una seguidilla de gritos que poco a poco se transformaron en alaridos. Su visión se nubló por completo...

Se preguntó a si misma... ¡¿Qué clase de marido tengo que ni siquiera es capaz de respetar mi cena?!...

Y para colmo su hermana se casaría con el hombre perfecto, adorado por todos.

¿Como podría competir con eso?

Entonces tomó el tazón que hacía un momento tenía su arroz y se dirigió hacia donde estaba Julio. Él no entendía nada, solo la miraba fijamente con el celular en una mano y el control remoto en la otra.

— ¿Qué te pasa? —Le preguntó tímidamente a ella.

— ¿Qué me pasa? ¡¿Me preguntas que me pasa?! —Le respondió Ana.

Julio ahora la observaba inmóvil desde el sillón, con una expresión de miedo en su mirada...

— ¡¡¡Te dije mil veces, que no te metieras con mi arroz!!! ¡¡¡Te lo dije mil veces!!!

Y ya fuera de sí, le dio un golpe seco con el tazón de gres vacío, en medio de su cabeza.

A Julio se le cayeron los objetos que tenía en sus manos y aturdido comenzó a desvanecerse.

Ana lejos de tranquilizarse, continuaba gritando...

— ¡¡¡No te metas con mi arroz!!! ¡¡¡No te metas con mi arroz!!!

Mientras golpeaba una y otra vez la cabeza de Julio.

El caso del pan y todo el queso del mundo

Esa noche, Ruth miró por última vez la hora a la 1:40 de la madrugada. Prácticamente la vencía el sueño, pero quería seguir repasando algo más para el examen de estadística que tenía a la mañana siguiente.

Había estado todo el día encerrada estudiando, así que no pudo realizar compras. Tenía un ataque de ansiedad y quería comer de todo: caramelos, galletas, sándwiches; pero solo se pudo preparar una taza de café con las ultimas rodajas de pan, que le quedaban para comer.

Tenía que tomarse un descanso para continuar como ella quería, porque se estaba durmiendo. El examen era a las 9 de la mañana y por más que intentó mantenerse despierta, tras beber el café se quedó dormida sobre los libros que tenía desparramados en su escritorio.

Cuando los primeros rayos de luz ingresaron por la ventana, Ruth se despertó.

Justo a tiempo, para vestirse y asistir al examen.

Media, Mediana, Esperanza, Varianza, eran los conceptos que iba repasando camino hacia la universidad.

Mientras escribía las respuestas de su examen, podía sentir los pequeños ruidos que comenzaba a hacer su estómago, porque no había tenido tiempo de desayunar esa mañana.

Comenzó a sentirse desesperada por terminar el examen y salir corriendo de la universidad para desayunar. Por eso, cuando terminó, se dirigió a la panadería para comprar pan para prepararse unas deliciosas tostadas con queso. Y pese a que ya era prácticamente la hora del almuerzo, a Ruth lo único que le preocupaba era poder desayunar con sus tostadas y queso. Era su comida preferida...

Camino a su casa había varias panaderías en las cuales podía comprar el pan; pero a medida que avanzaba, se encontró con que todas estaban cerradas. Lo único que pensó Ruth era en que ya debería haber desayunado; pero, cuando paso por la tercera panadería cerrada, pensó que algo raro estaba ocurriendo.

Sin otra opción, pasó por el supermercado distante una cuadra de donde vivía y ahí pudo comprar unas tostadas de arroz, que fue lo único que consiguió. Ansiosa, sintió que estaba a punto de entrar en una crisis de hambre...

Ingresó al edificio prácticamente corriendo y así continúo subiendo las escaleras para llegar a su departamento del 2°E.

Abrió su puerta apurada y sin guardar las cosas de la facultad y el resto de las compras, abrió un paquete de tostadas de arroz y se llevó una a la boca, tratando así de calmar a su estómago mientras ponía la pava al fuego para hervir agua. Buscó dentro de las bolsas de las compras, el trozo de queso dambo que había comprado.

Mientras se preparaba una taza de café, encendió el televisor por primera vez después de tres días de tenerlo apagado a causa de preparar su examen. Quería ver alguna película o serie, pero no encontró ningún programa en particular que gustara ver, así que la dejó encendida solo para escuchar las voces de otros seres humanos y no sentirse tan sola encerrada en su departamento.

Ruth vivía sola en Buenos Aires y se había mudado desde la ciudad de Santa Rosa en la provincia de La Pampa, para inscribirse en la universidad que ella quería.

Sus padres tenían un muy buen pasar económico, por lo que le pagaban absolutamente todos sus gastos. Eso era lo que habían acordado, hasta que ella terminara sus estudios de Economía Actuarial. Recién estaba cursando su segundo año y tenía otros tantos por delante para poder lograrlo.

Los últimos días se había desconectado del mundo; los había pasado en casi total silencio, para concentrarse en estudiar.

Puso el canal de noticias, mientras volvía a la cocina a prepararse su café, para por fin disfrutar el desayuno que tanto anheló esa mañana.

Mientras lo preparaba, escuchó la voz del noticiero que anunciaba:

"Continua la protesta de las panificadoras a causa del aumento excesivo en el precio de la harina durante los últimos días. Muchas de las panaderías y despachos de pan permanecerán cerrados, debido a que los proveedores no están entregando insumos como consecuencia del aumento desmedido de los precios.

El precio se disparó al alza debido al abrupto crecimiento de las exportaciones de trigo que se empezaron a realizar a partir de los incendios ocasionados en las diversas regiones agrarias de Estados Unidos y Canadá a causa de los alones solares sufridos en los últimos días.

Lamentablemente se prevé una escasez del producto y sus derivados en el corto plazo"

Al escuchar el mensaje que estaba dando la periodista, Ruth se preocupó. Pero su preocupación no era a causa de la crisis que se pudiera ocasionar, sino que su temor; radicaba en que ella estaba muy acostumbrada a consumir pan diariamente.

Por un momento se preocupó bastante; pero enseguida algo dentro de su mente le decía que los periodistas siempre exageraban y que seguramente, nada de lo que decían era verdad. Entonces se sentó frente al sillón con su café recién hecho, sus tostadas de arroz y sus rodajas de queso dispuesta a saborear su desayuno/almuerzo.

Aunque interiormente, ella continuaba con la duda… ¿Y si era verdad lo que había escuchado? ¿Y si las panaderías no volvían a abrir y permanecían cerradas? ¿Qué podría hacer? ¿Tendría que hornear su pan ella misma?

Y de esa forma las preocupaciones que hacía cuestión de segundos habían desestimado, habían vuelto a su mente para instalarse ahí por tiempo indeterminado.

No alcanzó a cambiar de canal, cuando la conductora lanzó otra noticia que, lejos de traer paz a Ruth, le había hecho plantearse que serios problemas estaban ocurriendo, mientras ella se había desconectado unos días para concentrarse en sus estudios.

"Continua la alerta internacional, debido una desconocida enfermedad que está afectando a diversas especies de vacas lecheras como las Holstein y Jersey. Aparentemente, la enfermedad se desarrolla a partir de un grupo de bacterias desconocidas que se transmiten por las secreciones del animal, sobreviviendo a los procesos de pasterización utilizados en la producción de productos lácteos como la

leche, yogures y quesos. Los primeros casos originarios en Inglaterra han demostrado una alta transmisión en los seres humanos a partir de la ingesta de estos productos contaminados con la bacteria.

Todavía se desconoce el origen de esta extraña enfermedad. Médicos y especialistas han expuesto, que la bacteria de origen desconocido ha sobrevivido debido a que ya prácticamente no se utilizan los procesos tradicionales de pasterización de estos alimentos; utilizando, en cambio, otros procesos como la pasterización Flash, Fría o electrónica, que hasta ahora no han garantizado la desaparición de esta bacteria tan dañina, que está afectando a estas especies animales y transmitiéndose incluso al ser humano.

En Inglaterra y otros países de Europa, ya se ha prohibido la ingesta de estos alimentos y principalmente la ingesta de quesos, que parecen ser los que concentran la mayor cantidad de estas bacterias, que ocasionan esta misteriosa enfermedad conocida como DB-1-25 por las iniciales de su descubridora la Doctora Denise Borgnia, siendo ésta la primer sepa detectada el corriente año 2025.

Esta enfermedad ya ha ocasionado las primeras 14500 víctimas en Inglaterra y se estima que se seguirán sumando casos en las regiones aledañas."

Al escuchar esta noticia, Ruth lanzo una pequeña carcajada de incredulidad. Pensaba que ya era demasiado con lo que estaba ocurriendo con el pan, como para que ahora hubiera también problemas con el queso. No podía creer que sus dos alimentos preferidos estaban siendo atacados por una especie de conspiración universal. Creía que era lisa y llanamente una broma pesada que alguien quería jugar sin saber… ¿Por qué?

¿Cómo era posible que todo esto hubiera ocurrido tan solo en unos pocos días, mientras ella se desconectó del mundo? No tan solo había ocurrido una catástrofe climatológica, sino que ahora había una extraña enfermedad. Durante los últimos años, el mundo no le daba descanso a nadie; pero aun así no dejaba de sorprender.

Terminó de beber su café y decidió continuar en su postura incrédula y negativa.

Ese día, se dedicó a buscar consejos sobre ejercicios que podría hacer para armar una rutina y así conservar su complexión delgada. El canal de YouTube que más seguía era el de Loli Mendoza. En él, había encontrado un video donde se explicaba cómo hacer series de abdominales, para tener la panza plana. Así que estuvo el resto del día organizando su nueva rutina de ejercicios y tratando de despejar su mente de la fatiga por los exámenes.

Al otro día, temprano, Ruth se despertó con la idea de no hacer nada. Los martes por lo general no tenía clases, por eso decidió ponerse al día con las otras asignaturas que estaba cursando en el semestre.

Nuevamente salió a hacer las compras. Quería preparar sándwiches, sin preocuparse por la dieta o los ejercicios y los consejos de

Loli Mendoza. Era época de exámenes y ya se iba a preocupar más adelante de ese tema.

Ese día en el supermercado, ya se podía observar que se imponían las primeras restricciones a la venta de productos lácteos en el país, y esto la dejó pensando; porque el problema en realidad era en Inglaterra, por lo que había escuchado el día anterior. ¿Entonces qué pasaba?

La gente comentaba que la restricción había comenzado porque había numerosos productos que eran importados, además de los rumores de que se habían corroborado que existían algunos casos de personas con síntomas; pero no había nada confirmado. En sí, todavía eran solo rumores; pero el ambiente se iba enrareciendo de a poco.

Los últimos años, principalmente desde el 2020 en adelante, habían sido años de pandemias y catástrofes que mantenían a la gente muy susceptible y con miedo a caer en un mal cada vez peor.

Incluso, había muchos qué por las dudas, ya habían comenzado a comprar varias piezas de queso para acumular, por si después se prohibía su consumo tal como había pasado en otros países.

Esta situación nuevamente hacía pensar en miedo y muerte a la población, que no lograba recuperarse de estos años críticos. Incluso Ruth, al ver la actitud de las personas, comenzó a comprar varias piezas de queso; sardo, dambo, cremoso y en especial, unas piezas de queso suizo, que había logrado encontrar en la despensa de enfrente a su edificio. Su idea era aprovisionarse al igual que todos, por si llegaba la prohibición a la ciudad, aunque todavía no se tuviera registros de que existieran casos en Argentina.

Los días pasaban y mientras tanto las cosas en Inglaterra habían empeorado, ya no tan solo porque crecía el número de muertos; sino porque un grupo de afectados habían comenzado a experimentar fiebres hemorrágicas y alucinaciones, lo cual era demasiado extraño y complejo para determinar los síntomas de la enfermedad DB-1-25.

Parecía que, de alguna forma, la fiebre afectaba directamente la función cerebral de los enfermos y, en consecuencia, les provocaba alucinaciones, inflamación, sangrado y finalmente la muerte.

El inconveniente mayor se daba cuando al comenzar las alucinaciones, la gente se ponía muy agresiva y se atacaban entre sí, incluso atacaban con sus propias manos a quien tenían más próximo, produciéndole heridas y laceraciones que solo servían para continuar propagando la enfermedad.

Los investigadores trabajaban sin cesar, tratando de descubrir cómo es que esta bacteria continuaba sobreviviendo a los procesos de pasterización, y más aún, a los antibióticos conocidos, que no eran efectivos para combatir la enfermedad.

Si bien era real que había grupos de bacterias que sobrevivían a este tipo de procesos, nunca se habían observado bacterias tan agresivas y peligrosas. Por más que se investigaba, aún se desconocía cómo es que la enfermedad se originaba en las vacas. Muchos incluso hacían comparaciones con la enfermedad de la vaca loca, otros decían que se había originado a partir de bacterias endófitas ingeridas por el animal; pero la verdad es que solo eran especulaciones.

Ruth se negaba día a día a sufrir el stress de ver las noticias; pero no podía evitar buscar información al respecto y tratar de informarse sobre lo que estaba ocurriendo.

Pasados dos meses en que había comenzado la crisis, todavía no se conseguía pan. Según algunas investigaciones, se habían detectado secuelas de radiación en pastizales, los campos de trigo y de granos, por lo que la esperanza de que los precios mermaran y permitieran acabar con las huelgas no era más que un mero deseo.

A nivel mundial la demanda de pan, queso y carne vacuna crecía en forma desmedida, debido a la restricción para consumir estos alimentos. Es por eso, por lo que las exportaciones desde las zonas libres de DB-1-25 aumentaban. La gente temía consumirlos, especialmente si se conocía que provenían de zonas donde se habían presentado síntomas de la enfermedad.

En consecuencia, los gobiernos a nivel mundial habían comenzado a establecer restricciones muy severas al consumo. En las zonas libres de DB-1-25 la gente compraba solo por el afán de acumular todo lo que pudiera, ante una posible escasez debido a la exportación para satisfacer la demanda de otras regiones. Y Ruth, al igual que todos, había caído en esa especie de paranoia consumista y trataba de acaparar lo que más podía.

El tiempo transcurría y los casos de DB-1-25 seguían expandiéndose. Ahora se habían encontrado los primeros casos en América del Sur, aunque en Argentina todavía no se registraban casos y había sido declarada zona libre de DB-1-25.

El gobierno, había optado por cerrar sus fronteras a los productos importados y trataba de monitorear aquellos que se hubieran podido importar en los últimos meses. Pese a que Argentina era país productor de lácteos y carnes, se solían importar en virtud del intercambio comercial, algunos productos como quesos y fiambres. Pero al mismo tiempo, se había convertido en uno de los mayores exportadores de esos alimentos, ya que ni la radiación ni la bacteria habían afectado la región.

A partir de ese momento todo cambió para la gente. De un día para el otro, era imposible encontrar la mínima información sobre la enfermedad o sobre las consecuencias de la radiación solar. En los medios de comunicación, solo se veían mensajes del gobierno nacional, informado nuevas medidas de seguridad por las que debía regirse la población.

Ciertamente, comenzó una especie de restricción alimentaria. Solo se permitiría la compra de alimentos en forma racionalizada y supervisada, para evitar el contacto con alimentos contaminados con la bacteria, de acuerdo con lo que establecía el gobierno. Había protocolos muy estrictos que debían llevar adelante la gente del SENASA. Y también existían restricciones de comercialización en supermercados y almacenes.

Lo más difícil de aceptar para la población era que la restricción no aplicaba únicamente a las industrias de los granos, el pan, los lácteos o carnes; sino que afectaba a todos los alimentos en general.

Era un habitué diario, ver en todos los noticieros al presidente y sus asesores, hablando sobre cómo la crisis había afectado al mundo y que los casos de DB-1-25 continuaban en aumento, siendo Argentina todavía libre de la enfermedad.

Seguido a esto, desfilaba por las pantallas de los noticieros una troupe de profesionales de la salud, explicando los síntomas básicos de la enfermedad.

Era extraña la situación; pero parecía que subrepticiamente, de alguna forma se había comenzado a censurar la información. Solo se podía encontrar lo que las fuentes oficiales decidían publicar o comunicar. Había noticieros que hacían programas especiales al respecto; pero parecían repetir siempre el mismo discurso, como si hubieran sido escrito por la misma persona. Se difundía lo mismo en todos los canales de aire.

Ruth por su cuenta trataba de buscar información sobre lo que estaba ocurriendo en el resto del mundo; pero cada vez que lo intentaba, de alguna forma se interrumpía la conexión de internet, o se quedaba colgada la página a la que accedía.

Al comienzo las medidas del gobierno fueron fuertemente cuestionadas; pero a la larga la población, lejos de reclamar y combatir, parecía aceptarlas resignadamente.

Todo parecía ser tomado con tranquilidad por la comunidad en general, tal que parecían estar todos sumidos en un estado de letargo y conformismo.

Solo algunos pocos YouTubers, se habían organizado, para hacer llegar a la población alguna información relevante. Esta nueva corriente informativa, había surgido del lugar menos pensado. Habían tomado el riesgo a sabiendas de que podía costarles el cierre de sus canales. Incluso habían conseguido imágenes de las reacciones que mostraban las personas enfermas de DB-1-25.

Cuando Ruth pudo ver por primera vez estas imágenes, se estremeció y rompió en llanto, porque en ellas se veía claramente, como tras sufrir alguna forma de alucinación, las personas tenían reacciones extremadamente virulentas. Se propinaban golpes, mordiscos, cortes, etc. Las personas afectadas, reaccionaban de manera muy violenta atacando a quienes tenía más próximos.

Todas estas lesiones ocasionaban el contagio de la enfermedad, porque la bacteria ingresaba y se mantenía en el torrente sanguíneo y al provocarse mutuas heridas, el contacto con la sangre producía el contagio. La evolución de la enfermedad concluía con la muerte del paciente.

En el resto del mundo los actos vandálicos habían colmado las calles. Había saqueos, represión policiaca, asesinatos. La ola de vandalismo se extendía por toda Europa y América.

La bacteria también se había encontrado en la carne de otros animales y ya no solo quedó afectada la producción de carne vacuna, lácteos y derivados, sino que el consumo de carnes en general también estaba comprometido.

Por su parte, la consecuencia de la radiación solar había afectado a la producción de cereales, vegetales y derivados. Y lo que había comenzado como una simple protesta por el aumento del precio de la harina, hoy ya era una crisis generalizada.

Realmente eran muy pocos los alimentos que quedaban aptos para consumo. Eran productos que provenían de lugares donde no habían sido alcanzados por las tormentas solares, ni por la enfermedad de DB-1-25. Entre ellos, se encontraba Argentina.

La falta de comida a nivel mundial se había convertido en una cruda realidad.

Los alones solares, lejos de haber cesado, parecían que se habían ensañado con la región de América del Norte. En un principio solo habían afectado a Estados Unidos y Canadá; pero ahora habían comenzado a afectar a México, causando una cantidad de muertes ya difícil de contabilizar.

Una consecuencia lógica de los actos de vandalismo fue la aparición de refugios subterráneos, al estilo de bunkers que, sin embargo, provocaron grandes escándalos porque estos bunkers, fueron preparados por los miembros de los sectores privilegiados de la sociedad, para salvaguardarse y almacenar comida, mientras se restringían los alimentos a los sectores más indefensos de la sociedad, dejándolos expuestos a la hambruna creciente y a la muerte.

Argentina fue altamente investigada, bajo sospecha de haberse convertido en unos de los mayores proveedores de alimentos para estos refugios subterráneos. Garantizando el provisionamiento de alimentos, a los sectores privilegiados que contaban con esos refugios bajo tierra.

Cuando esta información comenzó a salir a la luz, la gente abandonó el estado de letargo para comenzar un estado de furia general en las calles. De esta manera comenzaron los disturbios en Argentina.

Realmente esto fue muy difícil de manejar por el gobierno, quien pretendía continuar con la censura sobre los medios de comunicación, como lo había hecho hasta ahora, y así evitar que se propagasen los disturbios. Pero la gente, ya se había cansado de la restricción alimentaria y de tener que hacer filas en los supermercados y otros lugares de expendio, para comprar raciones restringidas a precios exorbitantes, difíciles de pagar porque los precios aumentaban prácticamente a diario.

Rápidamente a modo de contención, el gobierno, lanzó un plan para garantizar las raciones de alimentos a los sectores más vulnerables de la población; pero la medida no fue suficiente. Los disturbios ya eran generalizados y la gente parecía no estar interesada en tranquilizar la situación.

Con el correr de los días, la situación general se agravaba más y más y los disturbios continuaban con mayor violencia. En respuesta, el gobierno inició una seria represión policial.

Al igual que en el resto del mundo, la restricción alimentaria continuaba. Ruth quien provenía de una familia acomodada económicamente, había perdido unos 10 kilos y podía verse estas mismas secuelas entre sus vecinos.

Por más que había protestas generalizadas, la mayoría de los alimentos se continuaban exportando, para abastecer a las comunidades que vivían en los bunkers subterráneos.

Ruth ya había consumido casi todas las reservas que había llegado a conseguir alguna vez. Ya habían pasado más de tres meses y todo había empeorado.

Lo único que había comido el día anterior, era el último trozo de queso suizo que había comprado en la despensa de enfrente al edificio donde vivía.

Era lo último de alimento que le quedaba y que consiguió, pese a que existía una prohibición por parte del gobierno para comprar este tipo de productos importados. Pero Ruth había comprado esas porciones de queso al comienzo, antes de que la enfermedad se volviera más agresiva; incluso la fecha de envasado era anterior a que se tomara conocimiento de la enfermedad. Ruth lo había atesorado por tanto tiempo y se lamentó mucho cuando tuvo que comerlo porque ya no le quedaba más alimento.

Ella, al igual que todos, extrañaba las épocas en las que no había controles ni restricciones para los alimentos. La verdad es que la gente cada vez estaba en peor situación.

Al principio Ruth incluso bromeaba y decía que la restricción era la oportunidad que tenía para por fin hacer dieta y bajar unos kilos; pero con el correr del tiempo comenzó a pasar hambre como el resto de la población.

Dia a día Ruth hacía las colas en los supermercados para comprar su ración de alimentos. En la calle se veía el ánimo decaído de la gente. Los precios estaban por las nubes. Habían aumentado muchísimo, y en ellos se podía apreciar la ambición misma de los comerciantes, que en muchos casos aprovechaban para tomar ventaja de la situación, haciendo que la crisis fuera realmente extrema.

Una de tantas mañanas, Ruth estaba en la fila, esperando para comprar algo de alimento en el supermercado; pero ese día no se sentía muy bien. Hacia días que se sentía afiebrada, aunque no le prestaba atención, ni tampoco hacía caso al dolor de cabeza constante que tenía. Pensaba que se debía a que había comenzado el invierno y que la pérdida de peso la había comenzado a afectar.

Mientras esperaba, un escalofrió recorría su cuerpo haciendo que sus manos comenzaran a temblar. Quería volver a su casa; pero sabía qué si dejaba la fila en ese momento, no iba a poder volver hasta el día siguiente y ya no tenía ningún alimento.

Se encontraba en la fila, cuando se dio cuenta de que un hombre vestido con un abrigo negro, y que cubría su rostro con una enorme capucha, se había parado a su lado y la había comenzado a empujar sin motivo aparente.

Ruth se sentía realmente mal físicamente y no estaba con ánimos de que alguien la molestara; pero el hombre insistía en empujarla.

Sin siquiera planearlo, un ataque de ira invadió a Ruth y tironeó de la capucha del hombre dejando al descubierto su rostro.

Lanzó un grito aterrador, porque para sorpresa de ella, el rostro del hombre estaba cubierto de sangre e insectos que entraban y salían de sus ojos negros.

Ruth comenzó a los gritos, mientras la gente de la fila se fue distanciando de ella. El hombre la había tomado del brazo fuertemente y Ruth no entendía por qué nadie la ayudaba; entonces comenzó a pedir ayuda desesperadamente, pero lo único que escuchaba era la risa de la gente.

Esa actitud de las personas que estaban a su alrededor fue demasiado para ella; enfurecida comenzó a golpear a una mujer que estaba delante de ella riéndose a carcajadas. Tomó del suelo un trozo de una baldosa que estaba rota y con eso la golpeó con todas sus fuerzas.

Las risas eran cada vez más fuertes y nadie la ayudaba. Entonces, tomó por el cuello a otro hombre que estaba parado en la fila y lo empujó hacia la calle, justo en el momento en que un automóvil pasaba por ahí a toda marcha.

De algún lugar le nacía una fuerza descomunal. Para ese entonces Ruth ya no pensaba, solo quería descargar su furia y deshacerse del hombre que la seguía molestando. Lo vio que entraba al supermercado, entonces corrió tras él. Lo vio ocultarse tras una cajera, entonces Ruth se abalanzó sobre ella y tratando de alcanzar al hombre, aunque sea a mordiscos, mordió el cuello de la cajera arrancándole un trozo de carne, que masticó y tragó como si se tratara de un bistec. Seguido a eso un vómito de sangre oscura salió de su boca.

La sangre de la cajera se esparcía por todos lados, al igual que el vómito de sangre de Ruth, había alcanzado a varias personas. Seguido a esto, la gente comenzó a agredirse entre sí. Otros, quienes podían, tomaban alimentos y huían, mientras Ruth continuaba comiendo la carne de aquella empleada del supermercado para saciar su hambre.

Este incidente pasó a ser el primer brote de DB-1-25 que hubo en Argentina. La bacteria que lo originó se encontraba en el último trozo de queso suizo que Ruth tanto había atesorado y que había ingerido tratando de calmar su hambre. La ingesta de su queso favorito comenzó por causarle fiebre, alucinaciones, ataques de ira y hemorragias. Luego la enfermedad se esparció por los países limítrofes que todavía no estaban afectados.

Epílogo

Loli Mendoza estaba en su camarín, preparándose para salir al aire. Sentada frente al espejo, solo llevaba puesta una bata, esperando que le acercaran su vestuario. Tenía los hombros descubiertos y se podía observar el tatuaje de un tridente en su hombro derecho símbolo de Neptuno.

Su asistente le traía un vistoso vestido azul, cubierto de piedras y lentejuelas. Tal vez muchos pensarían que era demasiado para un programa de entretenimiento y chimentos que se emitiría a las 3 de la tarde; pero ella había estado esperando mucho tiempo tener su propio programa en un canal de aire. Estaba esperando la oportunidad para lucirse a lo grande.

— Recorda Loli que no podemos hablar nada sobre DB-1-25, ni saqueos, ni crisis económica, ni... — entonces Loli detuvo abruptamente a su productora, quien incluso la miró un poco atemorizada.

— Mira... Yo tengo en claro lo que puedo decir y lo que no. No te preocupes que si hay algo que no soy es tonta...Por eso llegue hasta acá... ¡Yo en tu lugar me preocuparía por bajar esos rollitos que tenes en la panza, que son asquerosos!

La productora del programa salió del camerino prácticamente con lágrimas en los ojos.

Loli se estaba terminando de colocar brillo en sus labios maquillados de color rojo. Sonreía frente al espejo, mientras en el reflejo se podía observar sus dientes afilados y puntiagudos cual agujas de marfil.

Fin

Apartado Especial

Los Neptunianos

Orígenes

Ser Neptuniano es una circunstancia determinada en algunos seres humanos. La condición de ser Neptuniano surge de tener ubicado a Neptuno en la doceava casa de la carta natal o carta astral. Este es el lugar más sensible para la influencia del planeta Neptuno, porque la casa doce se trata de una casa de gobierno natural y quienes tienen esta condición, son super sensibles a los matices emocionales de la atmósfera que los rodea.

Siempre existe un sentimiento embrujado acerca de la casa doce. Neptuno en esta posición puede actuar como una especie de puerta, de antena para antepasados, seres olvidados y de otras dimensiones.

Este es el signo de los médiums, de los que tienen la capacidad de comunicar los mensajes que provienen de diferentes mundos; de quienes escuchan las voces de otras dimensiones y reconocen la presencia de seres no fáciles de ver, para quienes no están dotados de este potencial. Este es el signo de quienes tienen dones espirituales muy reales. Es el signo de los psíquicos, capaces de sentir y entender a una persona a primera vista.

Para un Neptuniano, el exceso de ego puede complicar sus barreras protectoras, dejándolos expuestos a cualquier influencia que se encontrara en el ambiente. Lo cual, puede resultar peligroso para todos los otros seres que habitamos este universo porque, un neptuniano, tiene la suficiente capacidad de generar sentimientos colectivos y puede influir en las masas.

Esta situación es muy conocida por los llamados "Gobernantes", quienes suelen tomar ventaja de esa debilidad para corromperlos y usarlos como intermediarios para captar la energía de otros.

Un Neptuniano es muy sensible a la presencia de un Gobernante y su poder de influencia, aunque no pueda reconocerlo tan fácilmente, ni tomar conciencia del peligro al que se enfrentan.

Para un Gobernante, el captar y reclutar a un Neptuniano resulta un desafío personal. Se apodera de la voluntad del Neptuniano para que sirva a sus propósitos, convirtiéndolo prácticamente en un ser dependiente, servil y corrupto. Tomando por costumbre, marcar su piel con el símbolo de Neptuno, para identificar a quienes están a su servicio.

Loli Mendoza

Hacía bastante tiempo que Loli quería desplegar su carrera artística, pero no encontró la forma de hacerlo sino hasta que descubrió YouTube.

Ella vivía en la Ciudad Autónoma de Buenos Aires. Había crecido en el barrio de Monserrat junto a sus padres, quienes eran los encargados del mantenimiento de un edificio de la avenida Belgrano al 400.

Su casa estaba ubicada a solo unos metros del antiguo teatro Colonial, y Loli, desde que era niña, creció fascinada bajo la influencia del mundo teatral; ya que sus padres acostumbraban a llevarla a presenciar cada una de las obras que se estrenaban en el teatro. Por eso dentro suyo siempre anidó la ilusión de realizarse profesionalmente en la actuación. Era un anhelo que se transformó en vocación y la mantenía siempre activa.

Desde pequeña había tomado clases de canto, baile y actuación. Sentía que realmente podría dedicarse a alguna de estas actividades en profundidad, ya que eran parte de su formación y seguramente la ayudarían a establecerse en el futuro.

Tenía una sensibilidad a flor de piel, y prácticamente era el sostén emotivo de su grupo de amigos y de su familia. Ella era empática y dulce, tanto que conmovía a todos quienes la conocían.

Además, sentía una conexión muy especial con el reino vegetal. Por las mañanas, salía a recorrer los parques y plazas de alrededor de los edificios históricos, tales como la vieja Aduana o la Casa Rosada; para respirar hondo el aire matinal. Su habitación siempre estaba adornada con plantas y flores. Loli pasaba el tiempo disfrutando de la vegetación y del sol, como uno de sus placeres secretos.

Era muy común para ella ser el centro de atención dado su carisma, y por lo general; el brillo de su melena rubia lucía deslumbrante.

Era su costumbre cuidarse el cabello desde las épocas en que practicaba natación. Lo hacía para contrarrestar el efecto dañino que le causaba el cloro de la piscina.

La estética y la salud física significaban para ella una gran pasión; tanto que muchas veces se había planteado la posibilidad de especializarse en nutrición y en el cuidado de la salud.

Conforme crecía su canal de YouTube, se perfeccionaba cada vez más en concejos de belleza y se mostraba como una gran motivadora para quienes la veían y escuchaban.

Pero Loli no estaba preparada para enfrentar la presión que soportaban algunos comunicadores, principalmente los más sensibles, aquellos que captan todo tipo de mensajes.

Sin siquiera saberlo, desde el momento en que nació, ella recibió la condición de Neptuniana y todas las habilidades de comunicación que eso conlleva, incluyendo aquellas que traspasan las fronteras dimensionales.

Loli, era potencialmente perfecta para transmitir el mensaje de los Gobernantes. Poco a poco, conforme iba creciendo, los Gobernantes buscaban la oportunidad de acercarse a ella y lograr influenciarla, para conseguir por fin reclutarla.

Todo cambió para ella el día en que Petra, una de sus mejores amigas, la invitó a la fiesta que organizaba por su cumpleaños. Ellas se habían conocido en la escuela y eran amigas de toda la vida. Todo lo hacían juntas, incluso tomar clases de teatro, aunque Petra estaba más enfocada en la dirección, que en la actuación.

La fiesta se realizaría en el salón del Teatro Colonial, dado que Petra colaboraba en una obra infantil que se exhibía en el teatro. Entre los invitados, se encontraba quien luego se convertiría en su representante artístico, la prestigiosa Reina Vera.

Esa noche, Reina tomó asiento muy cerca de donde estaba ubicada Loli con su grupo de amigos, y escuchó en palabras de Loli decir que sería capaz de hacer cualquier cosa para triunfar en el ambiente artístico. Y ese fue el pie que le permitió acercarse a Loli, para lograr su cometido.

Reina tal vez era la mujer más impactante y sofisticada que Loli hubiera podido conocer hasta entonces. Fue muy fácil para ella dejarse influenciar por alguien que parecía tener una vida tan sólida y establecida; sin siquiera sospechar lo peligrosa que resultaría Reina en realidad.

Ella era muy reconocida en el ambiente artístico, representaba a los mejores artistas a nivel nacional e internacional. Tenía todos los contactos para relacionar a Loli en el ambiente artístico, exactamente como lo había deseado desde su infancia y no podía creer que Reina en persona le propusiera representarla.

En apariencia Reina era hermosa y poderosa; pero ella se aseguraba de que su esencia quedara siempre oculta.

Loli, al principio solía considerar extraña la obsesión que Reina mostraba por la astrología, pero con el correr del tiempo, comenzó a considerar simpática esa fijación.

La carrera de Loli fue creciendo y fue logrando sus objetivos, pero algo se había apagado en ella. De alguna forma la inocencia y las ilusiones que alguna vez tuvo, se convirtieron en una energía densa que la envolvía y que afectaba todo aquello con lo que ella se relacionaba directa o indirectamente.

No era fácil de percibir a simple vista, pero quien la hubiera conocido desde siempre, inmediatamente podía ver que algo había cambiado en ella. Incluso hasta su aspecto físico iba cambiando: su belleza crecía día a día, del mismo modo en que su carácter se endurecía, llegando a ser cruel en muchas ocasiones.

Lo cierto es que Loli cada día tenía más influencia en las personas, especialmente entre los jóvenes de su edad, quienes buscaban seguir sus consejos y conseguir la misma apariencia física que ella.

Cada video que subía a sus redes sociales, incluyendo a YouTube, tenía un alcance irreal para alguien que recién se estaba iniciando y esto fue muy bien aprovechado, especialmente por Reina, para lograr así impulsar la carrera de Loli.

En cuestión de meses de estar trabajando juntas, Loli por fin había logrado tener su propio programa en la TV de aire y eso sirvió para que ella llegara a millones de hogares.

Los Gobernantes

Orígenes

Los Gobernantes existieron desde el origen, incluso desde antes de la existencia de la humanidad. Su naturaleza es pasar inadvertidos, confundirse con otras especies y tomar ventaja de los demás.

En la historia, fueron confundidos con demonios, con djinns, egregors, espíritus malignos, entes desencarnados del más allá e incluso, en oportunidades, fueron confundidos con ángeles caídos. Los griegos antiguos los llamaban Arcontes, que significa "Gobernantes", por tener la habilidad de gobernar la voluntad de otros.

Pero los Gobernantes, están muy lejos de ser solo espíritus, demonios o imaginaciones de la mente creadas por los seres humanos. Ellos son seres reales, con cuerpo físico, que habitan entre dimensiones y se alimentan de la energía de otros seres.

Tienen la habilidad de cambiar de forma y mostrar a los ojos de los demás la apariencia que quieran. Son los verdaderos transhumanos.

Desde el origen, influenciaron a la humanidad para su propio beneficio. Logrando influir en los pensamientos de las otras especies y así afectar de manera inconsciente los sentimientos de ellas. Generan una carga emocional, una descarga energética nociva de la cual ellos se alimentan.

Durante milenios han reclutado personas, que utilizan para influir masivamente en los demás, para lograr captar más voluntades de la cual alimentarse.

Actualmente, habitan entre los seres humanos mimetizándose con ellos y se deleitan ocupando cargos de poder, dentro de las instituciones establecidas socialmente por la humanidad. Hacen gala casi sarcásticamente de su verdadera naturaleza de Gobernante.

Todos hemos sido víctimas de ellos y en algún momento le hemos servido de alimento. Cuando no prestamos atención a nuestros sentimientos, o cuando dejamos que nos dominen los miedos, las pasiones, los rencores, las obsesiones; estamos dejando la puerta abierta para que algún gobernante se aproveche de nuestras debilidades. Sus víctimas preferidas son los considerados Neptunianos por ellos; pero todos estamos en peligro si no sabemos protegernos de ellos y rechazarlos firmemente.

Cada Neptuniano es especial, y tiene una predisposición para transmitir un mensaje diferente. Un Neptuniano que está bajo la influencia de un Gobernante, hará que su mensaje alcance a las personas de manera nociva, para crear los sentimientos preferidos de un Gobernante, como lo son, el odio, el rencor, la violencia, la desconfianza, el temor, etc. De esta forma, ellos logran propagar la pena que pudiera afectar a cada ser en profundidad; para algunos sería el hambre, para otros la pobreza, para otros la desidia, el deseo de matar, etc.

Reina Vera

Ella es voraz, insaciable y totalmente desaforada. El apetito de Reina siempre fue descomunal. Incluso es temida entre sus propios congéneres, porque en más de una oportunidad ha devorado a otros Gobernantes, sin siquiera mostrar un mínimo remordimiento. Hecho totalmente repudiado por ellos mismos. Incluso los peores rumores que había sobre Reina se referían a la ingesta de la carne de su propia especie, lo cual estaba prohibido rotundamente.

El hecho de alimentarse de la energía de otro Gobernante era despreciable; pero ingerir su carne era considerado una total aberración, el peor crimen, que debía pagarse con la propia muerte y la de todo su linaje. Pero pese a las sospechas, nadie quería enfrentar a Reina para confirmar los rumores.

Todos entraban en pánico cuando ella mostraba sus afilados dientes, que parecían agujas extremadamente afiladas, porque conocían su falta de escrúpulos cuando estaba hambrienta.

Su apariencia física real era grotesca, parecía ser una masa de carne y piel sin una forma definida, casi no se distinguía un rostro, solo se podía distinguir su enorme boca y esos dientes que podían causar las heridas más agudas. Pero como es de imaginarse, no eran muchas las veces que ella mostraba esta apariencia.

Por lo general, Reina se mostraba con el cabello largo, sedoso y negro. Su piel era tan blanca que parecía una hoja de papel pintada con cal. Sus ojos eran tan grandes y negros que parecían no tener pupilas. Su belleza hipnotizaba a cualquiera que la podía observar a simple vista.

La debilidad humana le resultaba tan apasionante, que no podía evitar cruzar dimensiones buscando humanos fáciles de corromper, para que le consiguieran alimento y así intentar saciar su apetito voraz.

Y aunque ya se había armado de una red bastante amplia que podía alimentarla, siempre estaba en busca de más.

Cuando descubrió la sensibilidad artística de los seres humanos, se dio cuenta de que era el medio perfecto para alimentarse. En un principio, acudía a los cines y absorbía todas las descargas de energía que producían los humanos mientras veían una película; llantos, risas, angustias, pero su sentimiento preferido era el temor. No existían nada más delicioso para ella que un humano asustado.

Después comenzó a acudir a recitales de música, a eventos sociales, etc. Los humanos parecían ser una fuente desbordante de sentimientos sin control, lo cual se potenciaba cuando estaban reunidos en grupo.

En el último tiempo, si quería alimentarse, había tenido que dedicarse a hacer la mayoría del "trabajo" por sí misma. Siempre buscaba gente a quien reclutar, especialmente dentro del grupo de artistas que representaba. A través de cada actividad en la que ellos participaban, Reina se alimentaba; pero siempre quedaba insatisfecha, con necesidad de más. Y pese a que tal vez sería muy sencillo satisfacerse, no quería llamar la atención más de lo que lo había hecho con anterioridad.

Lo que Reina anhelaba era tener nuevamente un Neptuniano a su servicio. Y estaba dispuesta a lograrlo, a pesar de su experiencia anterior cuando en la década de los '80, recluto a un joven actor que sobresalía del resto. Él era Neptuniano por naturaleza y había logrado cruzar las fronteras nacionales con sus películas y programas de televisión; pero la historia no terminó muy bien y Reina casi fue juzgada por el Areópago, nombre que le daban al tribunal que juzgaba a los Gobernantes. De alguna forma ellos siempre han temido a Reina y tal vez por ese motivo nunca se atrevieron a juzgarla.

Cuando Reina encontró a Loli Mendoza, prácticamente enloqueció de la emoción. Pudo identificar su condición a simple vista. Solo necesitó echar un vistazo global, por encima de la realidad humana y pudo ver la luz de la energía que irradiaba Loli.

Es muy difícil ocultarse de un Gobernante, ya que ellos tienen la habilidad de ver absolutamente todo con tan solo proponérselo, incluyendo lo que está oculto y lo desconocido para cualquier humano.

Esa noche, Reina estaba de pie junto a la puerta de entrada del Teatro Colonial. Había terminado una reunión con el director del teatro, quien le estaba presentando a los nuevos talentos. Es claro que Reina había propiciado el encuentro con el director del teatro, a sabiendas de que Loli iba a hacerse presente. Cuando la vio llegar junto a su grupo de amigos, sin pensarlo, la siguió hasta el salón de fiestas y tomó asiento con la cercanía necesaria para poder escuchar la conversación de los jóvenes.

En cuestión de un momento, el ego de Loli se rindió muy fácilmente a los encantos de Reina. Ella le ofrecía la oportunidad que tanto anhelaba y no podía desaprovecharla.

www.ingramcontent.com/pod-product-compliance
Lightning Source LLC
Chambersburg PA
CBHW071210130726
47998CB00002B/698